Vente des Lundi 16 et Mardi 17 Janvier 1882

HOTEL DROUOT, SALLE Nº 2

A DEUX HEURES

Aprés décès de Mᵐᵉ Vᵉ CHALDOREILLE

à la Requête de M. le Directeur des Domaines

OBJETS D'ART

CURIOSITÉS DIVERSES

TABLEAUX ANCIENS

CADRES SCULPTÉS

EXPOSITION PUBLIQUE

Le Dimanche 15 Janvier 1882, de une heure à cinq heures

Mᵉ DURANTON	M. GEORGE
COMᴹⁱˢˢᵉ-PRISEUR	EXPERT
Rue Saint-Lazare, nº 32	Rue Laffitte, nº 12

PARIS — 1882

V⁺ RENOU, MAULDE et COCK
IMPRIMEURS DE LA COMPAGNIE DES COMMISSAIRES-PRISEURS
Rue de Rivoli, 144

CATALOGUE

DES

OBJETS D'ART

Bronzes anciens, Marbres, Bijoux
Argenterie, Diamants, Boîtes et Bonbonnières
Porcelaines de Sèvres

MEUBLES ANCIENS, PENDULES LOUIS XVI

CURIOSITÉS DIVERSES

TABLEAUX ANCIENS

CADRES SCULPTÉS

DONT LA VENTE AURA LIEU

Après décès de Mme Ve CHALDOREILLE

À la Requête de M. le Directeur des Domaines

HOTEL DROUOT, SALLE N° 2

Les Lundi 16 et Mardi 17 Janvier 1882

A DEUX HEURES

Par le ministère de Me **DURANTON**, Commissaire-Priseur des Domaines et de l'Enregistrement, rue Saint-Lazare, 32, Assisté de **M. GEORGE**, Expert, rue Laffitte, 12.

EXPOSITION PUBLIQUE

Le Dimanche 15 Janvier 1882, de une heure à cinq heures

PARIS — 1882

CONDITIONS DE LA VENTE

—

Elle aura lieu au comptant.

Les Acquéreurs paieront CINQ POUR CENT, en sus des enchères, applicables aux frais de la vente.

L'exposition mettant le Public à même de se rendre compte de l'état des Objets, aucune réclamation ne sera admise une fois l'adjudication prononcée.

ORDRE DES VACATIONS

—

Lundi 16 Janvier 1882

Bijoux, Porcelaines, Bronzes, Objets d'art. Meubles anciens.

Mardi 17 Janvier 1882

Cadres sculptés, Tableaux.

———

OBJETS D'ART, CURIOSITÉS

1 — Marbre blanc. Le Baiser de Houdon.

2 — Marbre blanc. Bacchus (buste). Travail français du XVIIe siècle.

3 — Statuette allégorique de la Fécondité, en pierre grise, orné d'attributs en bronze ciselé et doré.

4 — Coffret en bois sculpté, de Bagard de Nancy.

5 — Frise en bois sculpté et doré, couronne et fleurs, époque Louis XVI.

6 — Ivoire. Christ sur croix en bois noir.

7 — Un Cachet en ivoire sculpté.

8 — Deux Figurines en ivoire.

9 — Obélisque en granit rose, sur socle en porphyre.

10 — Obélisque en granit rose, sur socle en porphyre.

11 — Coupe en marbre.

12 — Quatre petits Socles ronds en porphyre rouge.

13 — Obélisque en brocatelle d'Espagne.

14 — Piédestal (cassé) et son socle en brocatelle.

15 — Colonnette marche et bronze.

16 — Coffret ancien, garni de cuivres.

17 — Un autre Coffret.

18 — Nécessaire en ivoire.

19 — Petit Coffret, en marqueterie de cuivre.

20 — Plateau de surtout en cuivre argenté, époque Louis XVI.

21 — Une Guitare.

22 — Un lot de Minéraux.

—

BIJOUX, DIAMANTS, BOITES, MINIATURES
ARGENTERIE

23 — Deux Pendants d'oreilles composés chacun de un brillant entouré de neuf brillants.

24 — Une Broche, neuf brillants et trois roses.

25 — Broche camée dur, tête d'Ajax entourée de vingt brillants et ornée de quatre brillants pendeloques.

26 — Epingle rubis avec entourage en brillants.

27 — Très jolie Broche (Portrait de jeune femme couronnée de fleurs). Peinture sur émail, cadre en vermeil émaillé, orné de perles et de pierres de couleur.

28 — Boîte ovale en or ciselé, époque Louis XVI.

29 — Etui en vernis Martin, à sujet Boucher.

30 — Deux Médaillons, bustes mythologiques en nacre sculptée.

31 — Boîte ronde en écaille brune, incrustée de nacre, époque Louis XIV.

32 — Boîte écaille et ivoire.

33 — Deux Fixés architecture.

34 — Onze Émaux et une miniature.

35 — Camée. Tête sculptée en haut-relief.

36 — Miniature (Molière).

37 — Deux Boîtes rondes ivoire, ornées de fixés : (Marines).

38 — Boîte en écaille, ornée d'une miniature (portrait de femme).

39 — Boîte écaille brune avec fixé (Paysage), par Bertin.

40 — Un Etui en émail de Saxe, fond rose.

41 — Deux Poignards à manches d'ivoire.

42 — Éventail ancien, monture ivoire.

43 — Une Boîte et un Cadre en filigrane d'argent.

44 — Deux Médaillons ivoire, époque Louis XVI.

45 — Deux petites Gravures en couleur, cadres sculptés.

46 — Un lot de petits Cadres.

47 — Trois Broches or et argent, six Médailles argent, une Alliance, un petit Émail et une Mosaïque.

48 — Montre et Tabatière en argent.

49 — Un Binocle en argent.

50 — Montre en or, de dame.

51 — Plusieurs Pierres de couleur.

52 — Deux Boucles en or, un camée (Louis-Philippe).

53 — Un Couvert : Cuillère, Fourchette et Couteau en vermeil.

54 — Un Couvert et une Cuillère à café en argent.

55 — Argenterie : Couverts, Poêlon, Louche, Cuillères à ragoût.

PORCELAINES

56 — Tasse et sa Soucoupe en vieux Sévres, pâte tendre, décorés de trois couronnes de roses et
feuillages, bordure gros bleu semée de poids
d'or.

57 — Tassse et Soucoupe en vieux Sèvres, pâte tendre,
bordures, hachures bleues et or, et guirlandes.

58 — Tasse droite et Soucoupe, vieux Sèvres, pâte
tendre, médaillons de fleurs, encadrements
dorés sur fond rose.

59 — Sucrier à couvercle et Soucoupe à fleurettes en
relief, intérieur doré en porcelaine de Saxe.

60 — Tasse droite et Soucoupe en vieux Sèvres, pâte
tendre fond bleu et frise d'arabesques.

61 — Tasse à figures et guirlandes en relief en Capo
di-Monte.

62 — Deux Vases-Cornets en porcelaine de Sèvres,
fond bleu marbré, avec médaillons imitant les
camées.

63 — Deux grands Vases en porcelaine, médaillons à
paysages, fond doré.

64 — Plusieurs Tasses en porcelaine de Sèvres et
de diverses fabriques seront vendues sous ce
numéro.

65 — Deux Statuettes en biscuit.

66 — Un Plat en vieux Japon.

67 — Deux Tasses, pâte tendre, sans soucoupe.

68 — Quatre Tasses et leurs Soucoupes en Sèvres,
pâte dure; décors variés.

69 — Deux Vases Empire en porcelaine décorée.

70 — Dix Assiettes en porcelaine, à sujet et personnages, plusieurs en Sèvres.

—

BRONZES D'ART ET D'AMEUBLÈMENT

71 — Pendule Louis XVI, marbre blanc et marbre noir, garnie de cariatides, d'amours et de frise en bronze ciselé et doré.

72 — Pendule Louis XVI en forme de temple en marbre blanc, les colonnettes en marbre turquin ; à l'intérieur statuette en biscuit.

73 — Pendule Louis XVI, en marbre noir enrichie de colonnettes et d'ornements en bronze ciselé et doré.

74 — Pendule Louis XIV et son socle en marqueterie de cuivre sur écaille.

75 — Deux Flambeaux en bronze de l'Empire.

76 — Bronze (Silène assis), époque Louis XIV.

77 — Bronze. Statuette de femme drapée, époque Louis XIV.

78 — Bronze. Sainte Véronique. Belle statuette Louis XIV sur socle en marqueterie de Boule.

79 — Deux beaux Bas-Reliefs en bronze : (Têtes de philosophes) appliqués sur un fond en marbre.

80 — Bronze. Les Chevaux de Marly.

81 — Deux Socles en bois noir, à filets de cuivre, pieds à griffes de lions en bronze doré.

82 — **Bronze. Deux Chevaux ailés. Socles en marbre**
turquin.

83 — **Bronze. Portrait de Gluck. Buste sur fût en mar-**
bre turquin ; époque Louis XVI.

MEUBLES ANCIENS

84 — Charmant petit Meuble Louis XV, de forme con-
tournée, en bois violette et satiné, garni de
cuivres, dessus en marbre.

85 — Petite Console demi-lune Louis XVI, en acajou
garni de cuivre ; dessus en marbre blanc à
galerie.

86 — Petit Chiffonnier en bois rose, à cinq tiroirs; **des-**
sus en marbre.

87 — Petit Meuble Louis XV d'entre-deux à **une seule**
porte marquetée à trophée, dessus **en marbre**
brèche d'Alep.

88 — Petit Meuble d'entre-deux, la porte **marquetée** à
vase de fleurs; dessus en marbre **blanc.**

89 — Une Encoignure Louis XV en bois **marqueté ;**
dessus en marbre brèche d'Alep.

90 — Encoignure Louis XV en bois rose et marquetrie.

91 — Belle Commode Louis XVI en acajou, à trois
tiroirs et à côtés cintrés, pieds et montant
cannelés; dessus en marbre turquin.

92 — Table à ouvrage en marqueterie hollandaise.

93 — Console d'encoignure Louis XVI en acajou à
pieds cannelés; tablettes et dessus à galerie.

94 — Etagère d'encoignure en bois satiné.

95 — Un Fauteuil Louis XIV couvert en tapisserie à la main.

96 — Un Fauteuil Louis XVI, à dossier ovale.

97 — Console Louis XV, en bois sculpte et doré; dessus en marbre.

98 — Deux Fauteuils Louis XV, garnis en tapisserie à la main.

99 — Environ cinquante Volumes : Anquetil, Faublas, le Jeune Anacharsis, Thiers, Révolution française, etc., etc.

TABLEAUX

100 — **Barroche**. La Vierge.
101 — **Bassan**. Les Travaux champêtres.
102 — **Boquet**. Paysage avec troupeau.
103 — **Bourdon** (S.). Paysage.
104 — **Bourguignon**. Combat de cavalerie.
105 — **Bout et Boudewyns**. Le Jour du marché.
106 — **Bout et Boudewyns**. Marché aux bestiaux.
107 — **Breughel et Van Balen**. Allégorie de l'Été.
108 — **Breughel**. Le Chariot.
109 — **Brill** (Paul). Paysage.
110 — **Bruandet**. Petit Paysage.
111 — **Carrache**. Bacchante et Enfants satyres.
112 — **Chevaux** (Signé), 1786. Loth et ses filles.
113 — **Cocquereau** (signé), 1806. Paysage.

114 — **Coypel** (Charles-Antoine). Persée délivrant Andromède. Beau tableau de maître. Cadre sculpté.

115 — **Coypel** (École de). L'Olympe.

116 — **Dagnan.** Paysage.

117 — **De Machy.** Deux petits Tableaux d'architecture.

118 — **Demay.** Paysage et Figures.

119 — **Deveria.** Intérieur oriental.

120 — **Doës** (S. Vander). Moutons et Agneaux.

121 — **Drouais** (Manière de). Portrait de petite fille.

122 — **Ducq** (D'après Jan le). La Fin du repas.

123 — **Duplessis** M.-H.). Campement de bohémiens.

124 — **Duplessis** (M.-H.). Sujets militaires. Deux pendants.

125 — **Duplessis** (M.-H.). Halte militaire.

126 — **Duval.** La Fête au village.

127 — **Gryf** (Adrien). Trophée de gibier.

128 — **Gudin** (1826). Marine.

129 — **Honthorst.** La Musicienne.

130 — **Huysmans.** Les Bergers. Cadre sculpté.

131 — **Kabel** (Vander). Deux petits Tableaux, (Ports de mer).

132 — **Lairesse** (G. de). Les Beaux-Arts et la Sagesse.

133 — **Michau** (Theobald). Pâtres et Troupeau.

134 — **Parmesan.** Baigneuses et Amours.

135 — **Peeters** (signé) 1632. Une Plage.

136 — **Maas** (attribué à). Campement de bohémiens.

137 — **Mayrhoffer** (Signé). Raisin et Citron.

138 — **Miéris** (École de). Fruits, Légumes et Gibier à une fenêtre. Peinture sur marbre.

139 — **Mignard.** Mme de Montespan et sa fille, à l'entrée d'un parc.

140 — **Mignard** (?). Portrait présumé de Mignard dans son atelier.

141 — **Milet** (Franisque) Paysage et Figures.

142 — **Monnoyer** (École de B.). Vase de fleurs.

143 — **Neer** (Genre de Vander). Clair de lune.

144 — **Ruthart**. Chiens courant un cerf.

145 — **Ruysch** (Rachel). Fleurs.

146 — **Schaal** (signé) 1820. Paysage.

147 — **Stuven** (E.). Fruits, Verre, Aiguière sur une table en marbre.

148 — **Vallin**. Port de mer.

149 — **Vallin**. Bacchanale.

150 — **Verendaël**. Vase de fleurs.

151 — **Vernet** (École de) Marine, (Tempête).

152 — **Vernet** (École de). Les Naufragés (Panneau).

153 — **Vernet** (École de). Scène de naufrage.

154 — **Vernet** (Attribué à J.). Naufrage.

155 — **Watteau** (Manière de). Assemblée galante dans un parc. Cadre sculpté.

156 — **Wynants** (Manière de). Paysage.

157 — **Zuccarelli**. Bergère conduisant un troupeau.

158 — **Ecole hollandaise**. Marine.

159 — **Ecole italienne**. Sainte Madeleine. Cadre sculpté.

160 — **Ecole italienne**. Les Chartreux, Cadre sculpté.

161 — **Ecole italienne**. Tête de femme. Cadre sculpté.

162 — **Ecole italienne**. Sainte Famille (cuivre).

163 — Moine en prière.

164 — **Ecole française**. Pêches et Raisins. Cadre sculpté.

165 — **Ecole française**. Deux Intérieurs.

166 — **Ecole française**. Moïse sauvé des eaux.

167 — **Ecole française**. La Madeleine.

168 — Allégorie religieuse.

169 — Mercure et Argus.

170 — Portrait de petite fille tenant des raisins.

171 — Petit Paysage sur panneau.

172 — Fleurs.

173 — Paysage.
174 — **Ecole moderne**. Paysage.
175 — **Ecole moderne**. Paysage.
176 — Portrait d'homme.
177 — Portrait de femme.
178 — **J. P.** (Signé). Marine.
179 — **Lelong**. Quatre Gouaches (Nature morte).
180 — Gouache Louis XIV (la Madeleine).
181 — Gouache (Mercure et l'Amour).
182 — Grand Cadre Louis XIV en bois sculpté.
183 — Dix-huit Cadres en bois sculpté, seront vendus
      sous ce numéro.
184 — Cadre Louis XIV en bois sculpté.
185 — Deux Cadres en bois sculpté.
186 — Deux Reliquaires avec cadres sculptés.
187 — Cadre italien en bois sculpté.

Renou, Maulde et Cock, impr de la Compagnie des Commissaires-Priseurs,
rue de Rivoli, 144.   24482

RED. :

19

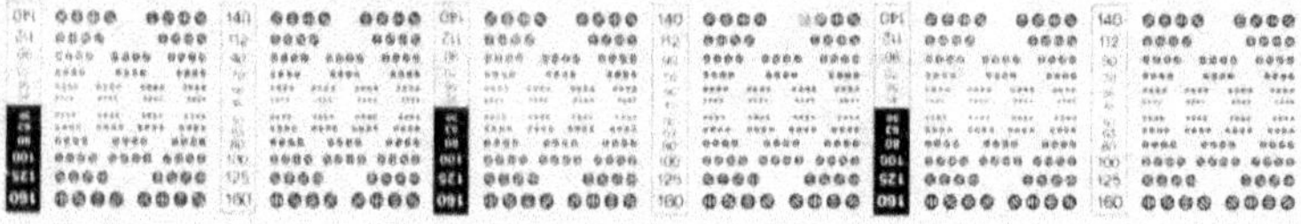

0 1 2 3 4 5 6 7 8 9 10